이 세상에서 가장 위대한 이야기

하늘나라 기네스북

김영곤 지음
김행용 그림

 엘 맨

기발한 발상으로 엮은
성경속의 최고 최대

어린이를 사랑하기 때문에 어린이 주변을 떠날 수 없었던 주일학교 교사 김영곤 선생이 좋은 책을 냈다.

조금은 색다른 표현으로 성경 내용을 인상깊이 심어주기 위하여 고안해 낸 <성경 기네스북>은 교회 어린이 신문에 연재되면서 잔잔한 반응을 일으켜 왔는데, 이것을 한 권의 책으로 엮게 되었다. 성경 속에 나타난 최고 최대의 사건이나 주인공들의 이야기는 세상의 <기네스북>을 능가하는 흥미진진한 내용들이다.

<성경 기네스북>은 지금까지 나온 어떤 성경동화나 어린이 설교와는 차원이 다른 흥미롭고 인상깊은 이야기라 할 수 있다.

이 책의 출간을 기뻐하며 널리 보급되고 많이 읽혀지기를 바라는 마음 간절하다.

심군석 목사 (아동문학가)

예수님 생각

시/ 이현식
(아동문학가)

내 마음에 예수님을 생각하면서
오늘 배운 성경말씀 읽고 있으면
들려오는 예수님의 사랑의 말씀
들려오는 예수님의 사랑의 말씀

무릎꿇고 예수님을 생각하면서
두 손 모아 머리숙여 기도하며는
들려오는 예수님의 사랑의 음성
들려오는 예수님의 사랑의 음성

온유하신 예수님을 생각하면서
잠잘때에 사르르르 눈을 감으면
떠오르는 예수님의 사랑의 모습
떠오르는 예수님의 사랑의 모습

◆ 머리말

안녕하세요.

이 글에 초대된 모든 어린이들을 진심으로 환영합니다.

오늘 이 귀중한 만남을 통해 여러분들의 성경지식과 성경에 대한 흥미가 넓혀지고, 하나님의 오묘하신 뜻을 깨달아 참으로 이 세상에서 가장 아름답고도 값진 보배를 소유하는 기회가 되길 바랍니다.

이 글은 소박한 문체와 훈훈한 유머, 몽땅연필 같은 교훈을 통해 성경에 대한 흥미와 이해를 도울 것이며, 또한 성경을 깊이 묵상할 수 있는 길로 여러분들을 안내해 나갈 것입니다.

이 책이 나오기까지 많은 도움을 주신 교회 어린이 신문사 심군석 목사님과 예쁜 그림으로 글을 더욱 빛내 주신 작가님께 감사하는 마음을 보내드립니다. 자, 이제 함께 출발합시다.

2005. 5. 김영곤

차 례

차 례

차 례

1. 온 세상을 말씀으로 만들다
(창세기 1장)

 어린이 여러분, 지금 우리가 살고 있는 이 모든 세상은 누가 만드셨나요?

그래요. 하나님이세요. 그렇다면 무엇으로 만드셨을까요? 말씀! 네, 맞았어요.

하나님께서는 온 천하 만물들을 말씀 하나 만으로 지으신 놀라우신 분이에요.

 그러면 그 천지창조의 순서를 다 외우는 친구 있나요?

1)첫째날-빛, 2)둘째날-하늘, 3)셋째날-땅과 바다와 식물, 4)넷째날-해와 달과 별, 5)다섯째날-조류(새)와 어류(물고기), 6)여섯째날-동물과 인간, 7)일곱째날-쉼

네, 참 잘 외우셨어요. 그런데 일곱째 날은 무엇 하셨어요? 쉬셨지요? 그래요. 그래서 우리들은 이 날을 하나님께서 쉬셨다는 의미로 안식일이라고 부릅니다. 그리고 십계명 중 4번째에도 "안식일을 기억하여 거룩히 지키라." 고 말씀하시며 하나님이 지으신 인간도 안식일 하루를 온전히 하나님을 위해 사용할 것을 명령하고 있어요. 그런데 지금 현재 우리들이 지키고 있는 주일(주의 날)은 예수님께서 부활하신 날이에요. 예수님은 안식 후 첫날(안식일 다음날)에 부활하셨는데, 예수님께서 이땅에 오신 이후부터는 안식후 첫날인 주일을 교회에서 예배를 드리며 거룩히 지키고 있답니다.

하나님께서 먼저 본을 보여 주신 거룩한 날을 우리는 어떻게 사용해야 할까요? TV보기? 잠자기?

우리모두 다시 한번 생각해 보기로 해요.

2. 인류 최초의 쓰레기
(창세기 2장)

  어린이 여러분, 현재 우리나라의 하루 평균 쓰레기 발생량이 얼마인지 아세요?
놀라지 마세요, 약 10만톤! 이것은 소형트럭 10만대에 실어야하는 엄청난 양이에요. 그래서 우리나라는 세계적인 쓰레기 생산국이라는 부끄러운 계급장을 달게 되었어요.
  그렇다면 인류 최초의 쓰레기는 무엇일까요? 아마 그것은 아담이 먹다가 버린 과일일 거예요. 그러나 이것은 썩어서 거름이 되니까 괜찮아요.

오늘날 수많은 쓰레기 중에는 전혀 아무런 쓸모도 없이 오랜 기간동안 심한 악취를 내뿜으며 사람들의 인상을 찡그리게 하는 것들도 많지요.

어린이 여러분, 현재 우리가 살고 있는 이 아름다운 강산은 누가 주신거죠? 하나님이시죠. 그러면 하나님께서 주신 이 자연을 온갖 쓰레기로 치장한다면, 그것은 과연 하나님 보시기에 올바른 일일까요?

우리는 말없이 아파하며 흐느끼고 있는 자연의 소리에 귀기울여야 하겠지요. 지금 자연은 심한 몸살 감기 중이거든요.

자연사랑은 곧 하나님을 사랑하는 방법인 것을 꼭 기억하도록 해요.

3. 세계 최고의 작명가
세계 최초의 가정
(창세기 2장)

 어린이 여러분, 여러분의 이름은 누가 지어 주셨나요? 할아
버지? 아니면 아빠?
그렇다면 이 세상의 모든 동물들의 이름은 누가 지었을까요?
그 사람은 바로 인류 최초의 인간인 아담이에요.

하나님께서는 아담과 하와를 부부로 맺게 하여 세계 최초의 가정을 이루게 해 주셨답니다. 이때 아담은 하와에게 "이는 내 뼈 중의 뼈요 살 중의 살이라" 하며 인류 최초의 첫사랑을 고백 했더래요.

이 두 부부를 하나님은 심히 좋아하셨지만, "동산의 다른 실과는 다 먹어도 되되 선악과를 먹지 말라"라는 하나님의 처음이요 단 하나 뿐이었던 법을 어김으로써 살기 좋고 아름다운 에덴동산에서 쫓겨나게 되었지요. 그러니까 이들은 인류 최초로 죄를 저지르게 되었는데 이것을 우리들은 '원죄'라고 부르지요.

우리들은 어떠한 죄의 유혹이 닥치더라도 끝까지 하나님의 말씀에만 귀를 기울이는 용기와 결심이 필요하답니다.

 어린이 여러분은 아파서 병원에 가 본적이 있나요? 이 세상에 최초로 환자였던 사람은 누구일까요?

예, 바로 최초의 인간인 아담이에요. 하나님은 아담의 갈비뼈로 하와를 만드셨죠. 그래서 아담은 뼈를 깎는 고통을 최초로 느낀 사람이기도 하지요. (^^)

'사람'은 하나님이 만드신 가장 훌륭한 걸작품 이었어요. 그래서 하나님께서도 "보시기에 심히 좋았더라."하고 감탄을 하셨어요. 그너나 아담과 하와는 하나님의 명령을 어기고 쫓겨나게 되었어요. 그래서 세계 최초의 옷감인 무화과나뭇잎으로 엮은 치마로 몸을 가리게 된 것이지요.

이때 하나님께서는 그들에게 큰 벌을 내리셨대요. 그러나 너무나 가여워서 인류 최초의 가죽옷을 입혀 주심으로써 사랑을 나타내 보이셨답니다.

하나님이 먼저 우리들을 이처럼 사랑하셨는데, 우리는 이러한 크신 사랑을 친구나 이웃에게 나눠주어야 하지 않을까요? 혼자서 독차지하고 있다면 하나님께서 좋아하시지 않겠죠?

5. 세계 최초의 의사와 환자 (창세기 2장)

어린이 여러분, 세계 최초의 의사와 환자는 누구일까요?

에덴병원(동산)에 웬 환자가 잠든 채 누워 있었어요. 아담이 었어요. 의사는 아담의 갈비뼈 하나를 떼내어 흙을 버무려 하와를 만들고 계셨어요.

자세히 보니 의사는 하나님이셨는데, 아담이나 하와 둘 다 하나님의 형상과 비슷했어요.

어린이 여러분, 하나님과 아담의 관계는 의사와 환자, 창조주와 피조물(지음받은 사람), 목자와 어린 양의 관계라고 할 수 있답니다.

그런데 우리 인간이 원숭이로부터 진화되었다고 주장하는 사람들이 있었어요. 그러자 한 어린이는 도리어 이렇게 물었더래요.

"그렇다면 원숭이는 우리 인류의 조상인데 왜 동물원에 가두어 놓죠? 그리고 지금은 왜 원숭이가 사람으로 진화되지 않고 있죠?"

6. 인류 최초의 양치기 소년
(창세기 4장)

 우리 다같이 상상해 봅시다. 양치기 소년이 양떼들을 이끌고 아름다운 산과 널따란 들판을 거닐고 있는 모습을....

 인류 최초의 양치기 소년은 아벨이랍니다. 다윗왕도 소년시절엔 양치기였죠.

 아벨은 그의 형 가인과 함께 최초의 제사(예배)를 드리게 되었는데, 이때 아벨은 양의 첫 새끼와 그 기름을 하나님께 드렸고 하나님은 기쁘게 받아 주셨어요. 그러나 형 가인이 드린 제사와 그 제물(곡식)은 하나님이 못보신척 하시는게 아니겠어요.

크게 화가 난 형은 동생을 시기하여 돌멩이로 쳐 죽이고 말았답니다. 그래서 아벨은 인류 최초의 순교자라고도 해요.

이때 하나님께서는 가인에게 "네가 밭을 갈아도 농산물이 안나올 것이며, 너는 떠돌이가 될 것이다." 하며 저주를 내리셨어요. 그제서야 가인은 스스로를 낮추며 하나님께 자신을 지켜달라고 빌었대요.

그러자 하나님께서는 다른 사람들이 가인을 죽이지 못하도록 표를 주셨어요. 그러므로 가인은 영원한 신분 표시를 가졌던 인류최초의 사람이라 할 수 있답니다.

하나님은 왜 가인의 예배를 받지 않으셨을까요?

7. 세계 최초로 지도를 작성한 사람
(창세기 4장)

다 큰 녀석이 매일 지도야!

　이 세상에서 제일 먼저 지도를 그린 사람은 누구일까요? 바로 창세기에 나오는 가인일거예요. 왜냐고요? 가인은 역사상 최초의 아기였고 그래서 이부자리에 제일 먼저 오줌을 싸서 지도를 그렸을 테니까요.

그런데 가인은 인류 역사상 최초의 살인자이기도 해요. 자기 동생 아벨을 죽임으로써 최초의 살인자가 된것이죠. 왜냐하면, 가인이 살던 그때는 지구상에 아담, 하와, 가인, 아벨, 4명밖에 없었는데 가인이 아벨을 죽였으니까 전 인류의 1/4을 죽인 셈이지요.

아무튼 가인은 믿음없는 제사(예배)를 하나님께 드렸기 때문에 하나님께서는 그 제사를 받지 않으셨어요.

지금 내가 드리고 있는 예배는 어떤가요? 믿음으로 드리는 예배인가요?

8. 죽지 않고 천국 간 사람
(창세기 5장)

사람은 누구나 죽어야만 천국에 갈 수 있지요. 그런데, 죽지도 않은 채 천국에 올라간 성경인물이 있는데, 혹시 누구인지 아는 친구 있나요?

　그분은 바로 에녹과 엘리야, 그리고 예수님이세요.

에녹은 이 세상에서 365세까지 살면서 일평생 하나님과 동행 (같이 다님) 했었는데, 그는 므두셀라의 아버지이기도 해요.

엘리야는 구약시대의 가장 위대한 선지자 중의 한 사람인데, 그 당시 우상을 섬기는 거짓 선지자 850명과의 대결에서 승리하기도 했었죠. 그는 회오리바람을 타고 하늘나라로 가셨답니다.

그리고 예수님께서는 이 세상에서 33년간 생활하시면서 수많은 기적과 전도, 사랑을 베푸시다가 십자가에 돌아가신 후 3일만에 다시 살아나셔서 구름을 타고 하나님 품으로 올라 가셨어요.

9. 세계 최고로 오래 산 사람 (창세기 5장)

네 부모를 공경하라
하나님을 잘 섬기라
하나님 사랑, 말씀을
순종 할 것
탐욕을 미워 할 것

어린이 여러분, 사람은 보통 몇살이 되면 죽음을 맞이하나요? 오늘날 우리는 백세 넘는 사람을 가끔 보긴 하죠. 그러나 아주 옛날에는 구백세를 넘도록 오래 산 사람이 일곱 명이나 되었답니다.

므두셀라(969세), 야렛(962세), 노아(950세), 아담(962세) 셋(912세), 게난(910세), 에노스(905세)

사람은 누구나 다 오랫동안 살고 싶어하기 때문에 자신의 건강에 대해 매우 많은 관심을 가지고 있어요.

그런데 성경에는 이미 오래 사는 비결을 가르쳐 주고 있어요. 최초의 기록은 출애굽기 20장의 십계명 중에서 다섯 번째인 '네 부모를 공경하라'예요. 그리고 그외에도 '하나님을 잘 섬기는 것, 하나님을 사랑하고 말씀을 순종하는 것, 탐욕을 미워하는 것이 오래 사는 비결이라고 성경말씀은 가르쳐 주고 있답니다. 그럼, 우리 모두, 이대로 실천하며 살기로 약속해요.

10. 세계 최초의 동물원
세계 최고의 대홍수
(창세기 6~7장)

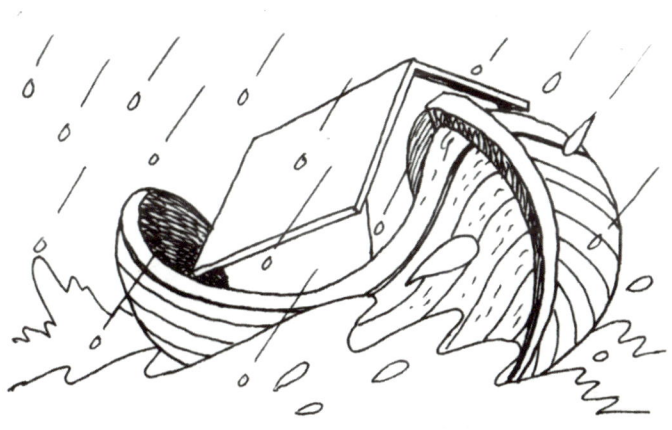

　어린이 여러분, 아직도 동물원에 가 보지 않은 친구 있나요? 세계 최초의 동물원은 어디에서 시작이 되었을까요? 그것은 바로 '노아의 방주'였어요.

　노아가 살던 당시 사람들이 너무나 죄를 많이 짓고 있었기 때문에, 하나님은 당시의 의인이었던 노아의 가정만 남기고 모든 사람을 홍수로 멸망시키기로 작정 하셨어요.

하나님의 명령을 받은 노아는 무려 120년 동안이나 방주를 만들 었답니다. 방주가 다 지어지자 하나님께서는 정결한 짐승은 암 수 일곱씩, 부정한 짐승은 암수 둘씩 방주안으로 들이게 하셨고 마침내 40일동안 밤낮 비를 내리게 하셔서 세계 최고의 홍수가 났던거예요.

하나님께서는 우리들의 죄를 매우 싫어하시지만 우리들이 "하나 님, 용서해 주세요."하고 기도하고 돌이키면 "오냐" 하시며 용서 해 주시고 기뻐하신 답니다.

11. 세계 최초의 영걸
(창세기 10장)

인류 최초의 영걸이 누구인지 아시나요? 영걸이 무엇이냐고 요? 고대(아주 오랜 옛날)에는 '영걸'이란 '폭력으로 통치하는 자'를 가리키는 말이었대요. 이 주인공은 바로 니므롯이에요.

니므롯은 그의 행위가 하나의 속담으로 남겨질 만큼 전쟁과 폭력적인 통치에 뛰어난 사람이었어요.

또한 니므롯은 세계 최초이자 인류 최고의 특이한 사냥꾼이기도 했는데, 성경에 "그가 여호와 앞에서 특이한 사냥꾼이 되었으므로"(창10:9)라는 말이 나온답니다.

아마 그는 그 당시에 굉장한 사람이었던 것 같아요. 그러나 잘 주목해 보세요, 그가 이처럼 사람들에게 칭찬을 받게 되었던 이유가 무엇이에요? 그건 그가 뛰어난 사냥꾼이요, 훌륭한 용사이기 때문이지 하나님의 일꾼으로 칭찬받고 있는 것이 아니라는 거예요.

나는 사람들로부터 칭찬받기 위해 나의 일을 하고 있나요? 아니면 하나님으로 부터 칭찬받기 위해 나의 일을 하고 있나요? 사람이 살아가는 제일 큰 목적은 하나님께 영광을 돌리며 하나님을 영원히 기쁘시게 해 드리는 것이랍니다.

12. 세계 최초의 고층 건물 (창세기 11장)

어린이 여러분 중에는 미국 사람이나 일본 사람하고 이야기를 나눌 수 있는 친구가 있나요?

원래 이 지구상에는 언어가 하나 뿐이었대요. 그런데 노아 홍수 이후 인간들은 또다시 하나님을 거역하고 하나님을 높이지도, 찬양하지도 않았어요. 그리고 교만해져서 스스로의 이름을 높이고 찬양하려는 악한 생각들로 가득차게 되었어요. 그래서 그들은 하늘에 닿는 높은 탑을 쌓기로 했어요. 그것이 바로 〈바벨탑〉이랍니다.

인간들이 탑을 높이 올려쌓기 시작하자, 하나님께서는 하나였던 사람들의 말을 혼잡하게하여 서로 말이 통하지 않게 하셔서 바벨탑의 건설을 중단시키셨어요. 이렇게 해서 인간의 교만을 심판하셨던 거예요.

우리도 우리 마음속에 '교만과 자랑의 탑'을 쌓고 있지 않은지 살펴보기로 해요.

성경에는 수 많은 훌륭한 인물들이 있지만, 그 중에서 '하나님의 벗(친구)으로 인정받은 사람은 딱 한명 뿐인데 혹시 누구인지 아는 친구 있나요?

이스라엘 민족의 첫 조상, 믿음의 조상, 순종의 사람, 기도의 사람..... 이쯤되면 '아브라함'이라는 것을 눈치채는 친구가 많을 거예요.

어느 날 하나님께서는 아브라함의 믿음이 얼마나 강한가를 시험하시려고 그를 부르셨어요. 이때 하나님은 아브라함이 100세가 되어서야 겨우 낳은 하나뿐인 외아들 이삭을 제물로 바치라고 명령하셨어요.

아니 그런데 이 명령이 떨어지자마자 아브라함은 곧 바로 순종을 하고는, 외아들 이삭을 하나님의 제물로 바치려고 모리아산으로 올라가는게 아니겠어요!

깜짝 놀라신 하나님은 급히 그를 다시 부르셔서 그 일을 중단시키고는 그 순종에 100점을 주셨답니다.

어린이 여러분, 여러분은 "100점 짜리 믿음, 100점 짜리 순종"이라는 성적표를 가지고 있나요? 그래서 하나님의 친구라는 우등상을 받을만한 위치에 서 있나요?

14. 가장 많이 속이다가 가장 많이 속은 사람
(창세기 27장)

어린이 여러분은 남을 속이거나 속아 본 적이 있나요? 성경에는 남을 속이다가 결국 그 댓가로 남에게 많은 속임을 당하는 사람이 등장한답니다. 누구일까요? 네, 야곱이에요.

야곱은 장자 상속권을 차지하기 위해 형 에서와 아버지 이삭에게 속임수를 사용하여 그 장자의 축복을 가로챘답니다.

그 후 외삼촌 라반의 집으로 피신하게 되는데 야곱은 그곳에서 외삼촌으로부터 수차례 속임을 당하게 되었고 심지어 그가 낳은 자식들에게서도 요셉이 죽었다는 속임을 당했어요.

야곱은 외삼촌의 딸 라헬을 매우 사랑했어요. 그러자 외삼촌은 자기를 위해 7년간 일해주면 결혼을 허락한다고 약속했더래요. 야곱은 7년간 일한 후에 마침내 결혼식을 올리게 되었어요. 그런데 이게 웬일이에요. 다음날 아침 눈을 떠 보니 자기와 결혼한 사람은 라헬이 아니고 언니 레아였던 거예요.

아무튼 야곱은 인간적인 뜻대로 살려고 하다가 너무나 힘들고도 어려운 삶을 살아 왔어요. 나는 하나님의 뜻대로 살아가고 있나요? 남을 속인 사실을 기뻐하고 있진 않나요?

15. 세계 최고의
씨름 장사
(창세기 32장)

여러분 중에 씨름을 좋아하는 어린이 손들어 보세요.

성경을 보면 하나님의 천사와 밤새도록 씨름을 해서 승리한
사람이 있어요. 그는 바로 야곱이에요.

야곱이 '씨름에서 이겼다'는 것은 바로 야곱의 기도가 간절해서 하나님을 감동시켰다는 뜻이에요.

그런데 우리 어린이들은 기도 시간에 어떤 태도로 기도하고 있나요? 다른 생각을 하거나 눈을 뜨고 장난치는 사람은 없나요?

어떤 어린이가 교회에 처음 나왔는데, 기도시간에 어떻게 기도하는지 궁금해서 눈을 뜨고 보았더래요. 그랬더니 어떤 어린이는 눈을 뜨고 있고, 어떤 어린이는 눈을 감고 있었대요. 그래서 이 어린이는 곰곰이 생각한 끝에 한눈은 감고 한 눈은 뜨고 기도했답니다. (*^^*)

나 때문에 다른 어린이가 잘못되지 않도록 모든 일에 조심하고 바르게 행동하도록 약속합시다.

어제 저녁에 꿈을 꾼 친구 있어요? 우리는 잠을 자면서 꿈을 꾸고 나면 그 꿈이 무엇을 뜻하는가 알고 싶어 하지요.

역사상 최고의 꿈 해몽가는 누구일까요? 바로 요셉과 다니엘이에요. 굽

요셉은 바로왕의 꿈을 해석해 주고는 하루 아침에 애굽 총리라는 아주 높은 벼슬을 받게 되었지요. 그리고 다니엘 또한 느부갓네살왕의 꿈을 해석해 주고는 높은 벼슬과 재물을 얻게 되었어요.

그런데 그들은 결코 자기들의 힘으로 꿈 해몽을 하지 않았음을 고백하고 있어요. 그들은 기도를 통해 이상 중에 하나님으로부터 얻은 영감과 계시를 통해 꿈을 해석하노라고 분명히 밝히고 있답니다. 참으로 겸손하고 신앙이 깊으신 분들이지요.

누구든지 자기의 영광을 얻기 위해 기도하는 것은 아주 잘못된 기도예요. 요셉과 다니엘을 보세요. 그들이 하나님께 영광을 돌리기 위해 기도하였더니 오히려 하나님께서는 그들 자신의 영광까지도 더 하셨던 거예요.

나는 올바른 기도를 드리고 있나요? 아니면 아예 기도를 드리지 않고 있나요?

기도는 하나님과 내가 만나서 이야기하는 거예요. 기도의 어린이가 되기로 꼭 꼭 약속해요.

17. 역사상 최고의 인구 증가율
(출애굽기)

 사상 최고의 인구 증가율을 기록한 때는 언제였을까요?

 야곱은 그의 열 두 아들 중 요셉이 애굽의 총리가 되자 식구들 모두 애굽으로 가서 살기로 결정했어요.

이때 야곱의 식구는 총 70명이었어요. 그런데 약 430년 후, 어찌 되었을까요? 그들은 60만명으로 늘어 나 있었어요! 그러니까 약 8,500배가 늘어 났다는 말인데, 정말 믿을 수가 없는 일이에요.

그러나 이 사실을 기억해 보세요. 일전의 아버지 이삭이 야곱에게 축복 기도하셨던 내용을요.

"전능하신 하나님이 네게 복을 주어 너로 생육하고 번성케하사 너로 여러 족속을 이루게 하시고,......"

또한 야곱의 조상들에게도 수 차례 "너희 후손들이 번성케 되리라"는 하나님의 약속을 기억해 보세요.

하나님은 결코 장난으로 약속하시는 분이 아니세요. 언제나 진지함 가운데서 반드시 약속을 지키신답니다. 야곱의 식구가 이처럼 증가된 것도 하나님이 하신 일인 거예요.

나는 혹시 지킬 수 없는 약속을 아무렇게나 하진 않나요?

18. 2주 거리를
4O년 만에 도착
(출애굽기)

가나안이 보인다.

어린이 여러분, 모세가 이스라엘 백성들을 이끌고 애굽을 떠난 사건은 다 알지요?

그들은 라암셋이라는 곳에 모두 모여서 하나님이 지시하신 가나안 땅으로 출발하기 시작했어요.

라암셋에서 가나안까지는 불과 2주(14일)정도면 충분히 도착할 수있는 거리였다고 해요.

그런데 1년이 지나고 10년이 지나도 가나안은 보이지 않았어요. 그들이 마침내 목적지에 도착했을 때는 40년 이라는 엄청난 세월이 이미 지나가 버렸던 거예요. 아마 이것은 역사상 최고 최대의 미로였을 거예요.

그렇다면 하나님께서는 왜 이러한 오랜 기간을 사막에서 헤매게 하셨을까요? 뭐라구요? 그래요. 바로 훈련이었어요. 그동안 노예생활로 나약했던 백성들을 보다 더 용감하고 진취적이며 하나님을 의지하고 순종하는 강인한 일꾼으로 쓰시기 위한 훈련이었던 거예요.

나는 현재 나에게 닥친 고난에 자포자기하고 있지는 않나요? 이것은 하나님이 나를 더 높이 쓰시기 위한 훈련이라는 것을 항상 생각하길 바래요.

19. 최초의 선지자, 바다를 걸어서 건넘
(출애굽기 14장)

 선지자는 하나님의 말씀을 전하는 사람을 말하는데, 그렇다면 최초의 선지자는 누굴까요? 예, 모세예요.

모세는 약 400년씩이나 애굽나라의 지배를 받고 있던 이스라엘 백성들을 하나님이 지시하신 가나안 땅으로 인도하고 있었어요. 그런데 도중에 홍해(바다)를 만나게 되자, 하나님의 도우심으로 바다를 절반으로 갈라지게 하여 백성들을 그 사이로

건너게 한 마어마한 기적을 행하게 되었어요.

하나님이 없다고 믿는 어떤 사람은 "이 사실은 거짓말이야, 고학에 의하면 그 당시 홍해물의 깊이는 발목에 찰까말까하는 깊이에 불과했다고 하거든." 하며 믿지 않았어요.

그러자 교회에 다니는 한 학생이 대답하길 "그러니까 얼마나 놀라운 일입니까? 하나님은 그렇게 얕은 물로도 수 많은 애굽 군사들을 물에 빠져 죽게 하셨으니 정말 위대하시지 않으세요?" 라고 했대요.

어린이 여러분, 성경에 기록된 사실을 의심하거나 비판해서는 안되겠어요. 왜냐하면요, 성경은 하나님을 통해 기록된, 거짓이 하나도 없는 참 진리의 말씀 뿐이니까요.

20. 최초의 찬송
최초의 화답송
(출애굽기 15장)

 이 세상에는 노래를 싫어하는 사람은 아무도 없을 거예요. 특히 기독교인들은 찬양을 많이 좋아하기 때문에 훌륭한 음악가 중에는 기독교인들이 아주 많지요.

그렇다면 성경에서 최초의 찬송이 기록되어 있는 곳은 어디일까요? 그것은 바로 모세가 홍해를 건너자마자 기뻐서 부른 출애굽기 15장의 찬송이랍니다.

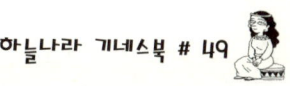

그러니까 최초의 찬송의 내용은, 거의 죽을 수밖에 없었던 위기의 순간에서 건져주신 하나님의 구원에 대한 감사와 기쁨을 노래한 것이라 할 수 있어요.

이때 모세의 누이되는 미리암이 손에 소고(악기)를 들고 춤을 추며 화답송을 불렀는데, 아마 이것은 역사상 최초이자 가장 짧았던 화답송일 거예요. 한번 들어 볼까요?

"너희는 여호와를 찬송하라 그는 높고 영화로우심이요 말과 그 탄 자를 바다에 던지셨음이로다."

우리들은 찬양을 드릴때, 이러한 하나님의 구원에 감사하는 마음으로 드려야 하겠어요. 간혹 어떤 친구들은 재미로 또는 장난으로 부르는 것을 보게 되요. 하나님은 온 맘과 정성 다해 부르는 찬양에만 고개를 돌리실 거예요.

21. 최초의 대제사장
완전한 대제사장
(출애굽기 28장)

대제사장이 하는 일은 무엇이에요?

대제사장은 하나님과 이스라엘 백성 사이의 중보자로서, 제사를 드리고 의식을 행하고 연례적인 속죄일에 온 백성의 죄를 속죄(죄를 씻음)하는 일을 행하였다고 해요.

그렇다면 최초의 대제사장이 누구인지 아는 친구 있나요? 그분은 바로 아론이랍니다. 아론은 구약시대의 제사 제도를 확립

하는 한편, 동생을 높여줄 줄 아는 훌륭한 인격자이기도 해요.

동생이 누구냐고요? 모세예요. 가만히 생각해 보세요, 말주변은 없었지만 자기 동생인 모세를 하나님의 사자로 여기며 그의 명령에 깍듯이 순종했다는 사실을. 우린 이러한 아론의 아름다운 자세를 본받아야 하겠어요.

그러면 완전한 대제사장은 누구를 가리킬까요? 그 분은 바로 예수님이세요. 예수님은 자신의 몸을 인류 모든 사람들을 대신하여 친히 속죄물이 되셔서 돌아가심으로써 완전한 대제사장의 임무를 완수하셨어요.

여러분, 우리들은 내가 죄를 한 번 저지를 때마다 예수님을 십자가에 못을 박고 있다는 사실을 깊이 되새겨야 해요.

어린이 여러분, 최초의 여선지자 미리암에 대해 들어본적 있어요? 미리암은 아론과 모세의 누나랍니다. 그녀는 이 두 형제와 함께 하나님께 선택된 이스라엘 백성들의 지도자가 되었고 그 후 여선지자의 역할을 수행하고 있었어요.

그러던 어느날, 모세가 이방 여인을 아내로 맞이했을 때였어요. 미리암은 아론과 함께 이 일이 옳지 못하다고 모세를 비방(비난, 원망)했어요. 뿐만 아니라 미리암은 모세와 똑같은 권력이 자기에게도 있다면서 모세의 권위에 도전하며 시기하였어요.

마침내 그녀는 현재의 자신의 위치에 만족하지 못한채 명예욕, 권력욕에 눈이 멀어져 버렸던 거예요.

그러자 하나님께서는 그 벌로 미리암이 문둥병에 걸리도록 하셨대요.

나는 현재의 나의 생활에 만족하고 있나요? 툭하면 불평, 불만을 터뜨리진 않나요? 전도사님이나 선생님을 우습게 여기는 친구는 없나요?

지금 당장은 아무일이 없는 것처럼 보이지만 하늘나라에서 상을 받지 못할 거예요. 생명책에 나의 이름이 지워져 버릴지도 몰라요.

출애굽 이후 40년이라는 긴 광야생활이 끝나고 이스라엘 백성들이 모압 광야에 진을 쳤을때, 모압 왕 발락은 발람 선지자에게 이스라엘을 저주하도록 부탁했어요.

발람 선지자는 이스라엘을 저주하는 것이 하나님의 뜻이 아닌 줄 알면서도 발락왕이 약속한 부귀와 명예가 탐이 나서 발락

왕이 있는 곳으로 떠났어요.

하나님께서는 이에 대해서 크게 진노하셨어요. 그래서 칼을 든 천사를 보내어 그 길목을 지키도록 명하셨어요. 그런데 발람이 탄 나귀가 이 천사를 보고 사람의 말로 발람 선지자를 꾸짖었던 거예요.

 돈에 눈이 멀어 하나님의 뜻을 어긴 발람은 얼마나 부끄러웠겠어요? 그는 짐승에게 꾸지람을 들을 정도로 하나님을 깜박 잊고 있었던 거예요.

 지금, 우리의 모습은 어떤가요?

24. 세계 최고의 대형 침대
(신명기 3장)

 어린이 여러분 중에 침대를 쓰고 있는 친구 있지요? 이 세상에서 가장 큰 침대를 사용했던 왕은 누구일까요?

 그는 바로 가나안 왕들 가운데 가장 유명했던 사람 중의 한 명인 '옥'이라고 불리는 왕이에요. 그는 바산땅의 60개나 되는 도시를 다스리고 있었는데, 이때 그의 침대는 철로 만든 것으로써 그 길이가 4m, 너비(폭)가 1.8m이었다고 해요. 이것은 우리들이 여러 명 누울 수 있을 정도의 크기지요.

아마 옥왕은 상당히 크가 컸던지 아니면 사치와 낭비가 심했을 거예요.

수수께끼 하나 내어 볼까요? 현재, 우리나라에 가장 많이 내리고 있는 비는 무슨 비일까요? 산성비요? 아니예요. 그것은 바로 <과소비>랍니다.

우리 나라는 언제부터인가 갑작스럽게 과소비가 매우 심해지기 시작했어요. 피땀흘려 모은 돈이나 물건들을 필요 이상으로 지나치게 쓰지 말고, 항상 절약과 저축 정신을 잊지 말아야 하겠어요. 하나님도 바로 이러한 모습들을 좋아하실 거예요.

25. 믿음 앞에 무너진 여리고성
(여호수아 6장)

여리고성은 가나안에서 가장 오래된 성읍이었어요. 하나님께서는 여호수아에게 이 여리고성을 무너뜨릴 방법을 지시해 주셨어요.

그러나 그 방법은 우리들이 생각하기에는 너무나 엉뚱하고도 어리석게 여겨지는 것이었어요. 뭐냐구요?

무기를 사용하지 않은채, 여리고성을 하루에 한 바퀴씩 돌다가 칠일 째 되는 날에는 일곱 번 돌고 나서 나팔을 힘차게 불고 큰 소리로 외치라는 내용이었대요. 그러나 여호수아는 철저

하게 하나님의 말씀을 순종하여 백성, 제사장들과 군사들을 이끌고 그대로 행하였답니다.

마침내 칠일 째 되는 날, 일곱 바퀴를 돌고 난 후 그들은 일제히 나팔을 불며 큰 소리로 힘차게 외쳤더니, 아니, 갑자기 그 튼튼했던 여리고 성벽이 와르르 무너지는 것이 아니겠어요!

하나님의 구원은 군대의 무기가 많고 적음에 있는 것이 아니라 하나님의 능력에 달려 있었던 거예요. 또한 하나님의 능력을 철저하게 믿는 믿음이 있었기에 이러한 엄청난 기적이 일어난 것이 아니겠어요?

나에게는 이만한 믿음과 용기가 있는지 살펴보기로 해요. 혹시 지금 나에게 믿음이 없다고 슬퍼할 필요는 없어요. 하나님께 믿음을 달라고 기도해 보세요.

26. 태양을 멈추게 한 사나이

(여호수아 10장)

태양은 여느 때와 마찬가지로 지구 구석구석을 차례로 비춰주고 있었어요. 그런데 하루는 이스라엘 나라 근처의 아얄론 골짜기를 한동안 비추다가 서서히 다른 곳으로 갈 준비를 하기 시작했어요.

아니 그런데, 갑자기 웬 음성이 들려 왔어요.

"태양아 너는 기브온 위에 머무르라"

누군가 하고 내려다보니 여호수아 장군이었어요.

여호수아는 아모리 사람들과 한창 전쟁을 벌이고 있는 중이었어요. 여호수아는 만약 태양이 지고 나면 어두워서 적들을 모조리 무찌르기 힘들다고 판단했기 때문에, 하나님께 태양이 좀더 하늘에 머물러 있도록 간구했던 거예요.

그런데 그때였어요. 하나님은 이 여호수아의 기도를 들어 주시기로 하셨어요. 그래서 태양은 어쩔수 없이 하늘에서 꼼짝 못한 채 계속 떠 있어야 했답니다.

하나님은 하나님의 뜻에 맞는 기도를 원하고 계세요. 여호수아는 우상을 섬기며 남의 나라를 괴롭히는 사람들을 혼내기 위해 기도를 드렸던 거예요.

나의 유익을 위해 기도하기 보다는 오히려 하나님을 기쁘시게 할 일을 위해 기도하는 우리들이 되어야 하겠어요.

27. 유일한 왼손잡이
(사사기 3장)

공물보다 이게 먼저다!!

 어린이 여러분 중에 왼손잡이인 친구가 있나요? 왼손잡이는 드물게 있기 때문에 주위의 사람들로부터 의례히 눈에 잘 띄게 마련이지요. 남들은 다 오른손으로 식사할 때 자기 혼자서만 왼손으로 식사하는 기분은 과연 어떨까요?

성경에서는 왼손잡이가 단 한 명 등장하는데, 그 분이 바로 에훗이랍니다.

그 당시 이스라엘은 18년 동안이나 모압의 지배를 받고 있었어요. 이때 하나님의 사사(지도자)로 부름받은 에훗은 모압왕 에글론에게 공물을 바치러 갔다가 은밀히 에글론을 불러 내어 단 둘이 있을때, 단검 하나로 에글론을 없애 버렸대요.

그후 에훗은 모압 사람들을 완전히 쫓아내고 이스라엘이 80년이라는 기나긴 평화를 누리는데 큰 공헌을 하게 되었답니다. 아마 이것은 사사시대 중 가장 오랜 평화 기간이었을 거예요.

나의 약점을 하나님을 위해, 국가나 이웃을 위해 사용하게 될 때는 오히려 더욱 값진 것이 될 수 있어요. 나의 약점을 장점으로 길러내는 슬기로운 어린이가 되기로 약속해요.

어린이 여러분 중에 여자들만 손 들어 보세요. 맹구는 손 내리세요. (^^)

옛날부터 이스라엘은 남성 위주의 사회가 되어왔기 때문에 여성들은 사회적 지위와 활동이 매우 제한되어 있었어요. 그래서 성경 속에서 여성들이 큰 활동을 했다는 기록은 찾기 힘들답니다.

그러나 오직 한 여성만은 남성보다 훨씬 큰 일을 해냈더래요.
<전쟁의 영웅, 멋있는 시인, 앞날을 내다보는 예언자, 백성의 재판자, 한 나라의 통치자, 사사- 오늘날의 여왕>

자, 드보라를 소개하겠어요. 박수~!

그 당시 침략자 가나안 왕 야빈의 군대를 무찌르기 위해 드보라는 총사령관 바락과 함께 전투에 나서게 되었는데, 이때의 드보라의 군사들은 야빈보다 몇배나 적고 약하고 볼품없는 상태였어요. 그러나 하나님의 명령대로 순종하여 전쟁터에 나갔더니 큰 승리를 하게 되었던 거예요.

남자 어린이들은 여자 어린이들이 힘없고 약하다고 해서 괴롭히거나 깔보아서는 안되겠어요. 하나님께서는 일꾼을 모으실때 남녀차별 없이 뽑으신다는 사실을 명심해야 된답니다.

어린이 여러분, 우리들 주변에 씩씩하고 용감한 군인 아저씨들을 만나게 되면 어떤 느낌이 드나요?

구약전서 사사기를 읽어보면 아주 용맹스런 용사 기드온이 등장한답니다.

기드온은 하나님의 부르심을 받고, 그 당시 이스라엘을 괴롭혀 오던 미디안 족속들을 무찌르기 위해 군사들을 모집했는데 이때 3만 2천명이 모여 들었어요. 그러나 하나님은 군사 숫자를 줄이길 원하셨어요.

그래서 그 중에 일만 명만을 선발했지만 또 다시 하나님의 명령으로 삼백 명만 남게 되었던 거예요.

 기드온의 선발된 삼백 명의 군사들은 그야말로 160대 1의 어마어마한 경쟁을 뚫고 뽑힌 세계 최고의 정예부대라고 할 수 있답니다.

이들은 하나님이 주신 힘으로 미디안 군대들을 통쾌하게 이겼어요.

 지금 우리 주변에는 수많은 어린이들이 있지만, 나 자신은 과연 하늘나라의 일꾼(십자가 군병) 명단에 들만큼 준비된 사람인지 되돌아 보기로 해요.

30. 자기 형제 모두를 죽인 사람
(사사기 9장)

 아직까지도 홍길동전을 읽어보지 않은 어린이가 있나요? 홍길동은 첩의 아들이라는 신분때문에 주위 사람들에게 많은 설움을 당했지요. 그렇지만 그는 이것을 이겨내고 오히려 남에게 유익을 끼치는 훌륭한 사람이 되었어요.

성경속의 아비멜렉은 기드온의 첩의 아들이었어요. 그러나 그는 홍길동과는 달리 자꾸만 악한 마음을 품으면서 자랐던 거예요.

그러던 어느 날, 아비멜렉은 자기가 왕이 되고자 하는 욕심때문에 자기의 이복 형제 70명을 한꺼번에 죽여버리는 끔찍한 일을 저지르고 말았어요. 여기서 살아남은 왕자는 막내 요담밖에 없었지요.

하지만 이러한 나쁜 아비멜렉을 하나님께서 가만두실 리가 있겠어요? 결국 아비멜렉은 한 여인이 망대 위에서 던진 멧돌 위짝에 맞아 죽게 되었답니다.

신약성경 말씀중에는 "욕심이 잉태한즉 죄를 낳고 죄가 장성한즉 사망(죽음)을 낳느니라" 라는 교훈이 있어요.

혹시 내 마음 한구석에 '나 혼자만 잘 되어야지' 하는 어리석은 욕심쟁이 마귀는 없는가 살펴보세요.

어린이 여러분 중에 자기가 외동딸인 친구 있나요? 어느 가정에서든지 외동딸이나 외동아들은 주위 사람들의 귀여움을 독차지하고 있지요. 특히 친부모님은 하나밖에 없는 아들이나 딸을 위해서라면 목숨까지라도 내어 놓으실 거예요.

이스라엘 사사중에 〈입다〉라는 용사가 있었어요. 그 당시 암몬 자손들은 이스라엘 사람들을 지배하여 18년 동안이나 괴롭혀 오고 있었어요. 이것이 자꾸만 심해지자, 입다는 드디어 군사들을 모아서 전투를 하러 나갔어요.

그때였어요. 입다는 하나님께 성급히 경솔한 맹세를 해버렸어요.

"만약 제가 이 전쟁에 승리한다면, 돌아올때 집 문 앞에서 저를 가장 먼저 마중 나오는 사람을 하나님께 번제(태워서 드리는 제사)로 드리겠습니다. "

드디어 그가 전쟁에서 승리하여 집으로 돌아왔을때 그는 깜짝 놀라 기절할뻔 했어요. 그를 제일 먼저 마중 나온 사람은 바로 그의 하나뿐인 딸이었던 거예요.

그러니 여러분, 하나님 앞에서의 충동적인 맹세는 삼가해야 하겠어요.

32. 최초의 나실인
(사사기 13장)

삼손, 안녕!

여보세요, 머리카락 좀 깎아 주게…

어린이 여러분 중에 '나실인'이란 말을 들어본 친구 있나요?

'나실인'이란 하나님께 자신을 거룩하게 구별하기로 서원(약속)한 사람을 말해요. 일단 서원을 한 사람은 포도의 소산을 먹거나 어떠한 시체라도 만져서는 안되고 머리카락도 절대로 자르지 말도록 되어 있어요.

우리가 잘 아는 성경의 인물 중 '삼손'은 바로 최초의 나실인 으로서 이스라엘 나라의 사사(지도자)였어요. 그러나 삼손은 이 금지사항을 지키지 않았고 이방 여인 들릴라의 꾐에 빠지고 말 았어요. 그래서 결국은 머리를 깎인 채 블레셋 사람들에게 붙들 려 가서 두 눈이 뽑히고 장님이 되어 그들의 조롱거리가 되었어 요. 그러나 마지막엔 하나님께 힘을 얻어서 수많은 블레셋 사람 들과 함께 죽음을 맞이하게 되었답니다.

우리들은 하나님께 약속한 것을 꼭 지켜야 하겠어요.

33. 최초의 순회 전도자
최후의 사사
(사무엘상 3장)

혹시 여러분 중에 어린 소년이 기도하고 있는 그림을 본 적이 있나요?

그 소년은 바로 사무엘이에요.

이스라엘의 마지막 사사였던 사무엘은 어머니 한나의 간절한 기도의 응답으로 낳은 기도의 아들이었어요. 이때 한나는 그녀의 아들을 나실인으로 바칠 것을 약속했기 때문에 사무엘은 젖을 떼자마자 엘리 제사장이 있는 성전에서 성장하게 되었어요.

사무엘은 여러분처럼 어린 나이에 하나님의 음성을 듣게 되었어요. 그가 커서 이스라엘의 위대한 사사(지도자)가 되어서는 미스바에서 신앙부흥운동을 일으켜 블레셋의 우상을 모조리 파괴하였고, 일체의 제물도 거절하며 청렴결백한 삶을 살았다고 해요. 또한 해마다 벧엘과 길갈과 미스바를 순회하며 전도한 최초의 순회 전도를 모범적으로 보이셨어요.

아무튼 사무엘을 통해 오늘날의 우리들은 물질에 대한 욕심을 버리라는 교훈을 꼭 잊지 말아야 하겠어요. 이러한 욕심은 우리의 믿음을 약하게 만들고 사회와 국가를 병들게 해요.

"돈을 사랑함이 일만 악의 뿌리가 되나니(딤전 6:10)"

34. 세계 최고의 투수
세계 최고의 시인
(사무엘상 17장)

어린이 여러분 중에 야구를 좋아하는 친구 손들어 보세요.

성경에서 가장 공을 잘 던지는 사람은 다윗이랍니다.

왜냐고요? 그는 그 당시 블레셋 나라의 거인 장수 골리앗의

이마에 물맷돌 하나를 정확하게 던져 명중시켜서 골리앗을 쓰

러뜨렸어요. 이러한 다윗은 성경 중에서 가장 많은 시를 남긴 훌륭한 시인이기도 하고요.

 특히 친구 요나단과의 우정은 너무너무 유명하지요. 더욱 놀라운 사실은 예수님이 이 다윗의 혈통에서 태어나셨다는 거예요.

그래서 다윗은 신약, 구약 합해서 가장 많은 성경 지면을 차지하고 있는데, 성경의 11%가 다윗에 관련된 말씀이라고 해요.

 어린이 여러분!

하늘나라 생명책에는 나에 대한 이야기가 얼마나 많이 적혀 있을까요? 혹시 나쁜 이야기만 적혀 있는 것은 아니겠지요? 하나님을 기쁘시게 하는 일들로 가득 채우려면 지금 내가 할 수 있는 일은 무엇이 있을까요?

35. 선지자의 활동이 가장 많았던 시대
(열왕기상하)

선지자들은 오늘날의 목사님이나 전도사님처럼 하나님의 말씀을 가르치며 전파하시는 하나님의 일꾼이랍니다.

이러한 선지자들이 가장 많은 활동을 하던 시대가 있었어요. 언제였을까요? 어렵죠? 그건 바로 분열왕국시대랍니다.

원래 이스라엘 나라는 하나 뿐이었어요.

그러나 솔로몬왕이 죽은 이후부터는 두 나라로 나뉘어져 버렸던 거예요.

<북쪽은 이스라엘, 남쪽은 유다>

현재 우리나라의 남북관계와 똑같은 상황이었어요. 이러한 분열왕국시대가 오랫동안 계속되면서 나라가 너무 혼란스러워지고 타락하게 되었을때 약 30여명의 선지자들이 앞장서서 활동하기 시작했답니다.

그런데 이러한 틈을 타서 거짓 선지자들도 무더기로 나타나서 사람들을 나쁜 길로 유혹하는 일이 많아지게 되었어요.

거짓 선지자들은 성경에 전혀 나오지 않는 엉뚱한 것을 진짜인 것처럼 꾸며서 수많은 사람들을 마귀의 소굴로 끌어 들이고 있어요.

우리는 참 목자 되시는 예수님의 음성에만 귀를 기울여야 해요.

36. 역사상 가장 지혜롭고 번영을 누렸던 왕
(열왕기상 3장)

어린이 여러분, 〈지혜〉 하면 가장 먼저 떠오르는 사람이 누굴까요?

예, 바로 솔로몬왕이지요.

솔로몬은 하나님께 일천번제를 드린 후에, 세상의 부귀영화를 구하지 않고 오히려 백성들을 잘 다스릴 지혜를 구하였더니, 하나님께서는 가장 뛰어난 지혜뿐만 아니라 가장 부유하고 번

영을 누리는 영광도 함께 주셨어요.

솔로몬 왕은 하나님의 성전과 왕궁을 짓는 훌륭한 일을 하셨고 백성들을 올바르게 재판하려고 매우 많은 노력을 하셨어요.

그런데, 이처럼 훌륭한 왕이기도했지만, 우상을 섬기는 일천명의 이방여인들을 자기 궁에 있게 함으로써 하나님이 가장 싫어하시는 우상숭배의 길을 마련한 최초의 왕이 되었고, 결국은 솔로몬 왕 이후부터는 역사상 최대의 남북 분단사건(북쪽은 이스라엘, 남쪽은 유다로 나뉘어짐)이 일어나 버렸던 거예요.

우리는 죽어있는 우상은 버리고 영원히 살아계신 하나님만 섬겨야 하겠어요.

37. 세계 최고의 가뭄
(열왕기상 17장)

어린이 여러분, 만약에 비가 3년 6개월 동안 내리지 않는다면 지금 우리들은 어떻게 될까요? 땅이 갈라지고 먹을 양식도 없고 목이 말라도 마실 물이 없으니 하루 하루가 지옥처럼 느껴질 거예요.

이스라엘 나라에 〈아합〉이라는 왕이 살고 있었어요. 아합왕은 우상을 섬길 뿐 아니라 백성들을 제멋대로 다스리던 아주 나쁜 왕이었어요.

그래서 엘리야 선지자가 아합왕을 향해 이 나라에 큰 가뭄이 닥칠 것을 예언(미리 말함)했더니, 정말로 비가 한 방울도 내리지 않는게 아니겠어요! 그리하여 그 당시에 3년 6개월이나 비가 내리지 않는 세계 최고의 가뭄이 잊어나게 되었답니다.

 우리는 지금도 내가 목마르지 않도록 비를 골고루 내려 주시는 하나님께, 항상 "감사합니다" 하는 마음을 가지며 살아가야 하겠어요.

38. 사람을 먹여 살린 까마귀

(열왕기상 17장)

　우리는 흔히 까마귀가 하늘 주위를 까옥 까옥 하며 날아다니는 것을 볼 수 있어요.　이 까마귀는 먹을 것을 가장 게걸스럽게 먹어치우는 새라고 해요.

　그런데 이러한 새가 사람을 먹이기 위해 아침 저녁으로 떡과 고기를 날마다 날라다 주었다는 사실을 상상이나 하겠어요?사람이 아닌 짐승이 말이에요.

엘리야 선지자 알지요? 그는 그 당시 우상숭배를 하며 온갖 나쁜 짓을 골라서 하던 아합왕에게 쫓김을 받고 있었어요. 그래서 하나님께서는 그릿 시냇가에 숨어지내고 있는 엘리야가 굶어 죽지 않도록 까마귀를 보내어 먹을 것을 제공해 주셨던 거예요.

하나님께서는 이처럼 우리들이 아무리 어려움에 처해 있더라도 어떠한 방법을 통해서라도 꼭 지켜주시고 도와주신답니다.

"두려워 말라 내가 너와 함께 함이니라 놀라지 말라 나는 네 하나님이 됨이니라 내가 너를 굳세게 하리라 참으로 너를 도와 주리라. 참으로 나의 의로운 오른손으로 너를 붙들리라" (사 1:10)

39. 위대한 대머리 선지자
(열왕기하 2장)

　어린이 여러분, 파리들이 앉기를 가장 꺼려하고 무서워하는 장소가 어디일까요? 바로 대머리이지요. 왜냐고요? 그건 각자 상상해 보세요.(^^)

　그리고 하나 더, 어느 대머리 신사가 자신의 마지막 남은 한 개의 머리카락을 뽑아 버렸는데 그 이유는 무엇일까요? 정답은 이발요금이 올랐기 때문이랍니다.(^^)

여러분, 이러한 우스운 얘기 속에서 뭔가 느껴지는게 없나요? 대머리 아저씨들은 대머리라는 특이함 때문에 종종 주위 사람들로부터 놀림을 당하기가 쉽지요.

성경속의 엘리사 선지자도 대머리였어요. 그가 벧엘로 올라가고 있을 때, 젊은 아이들이 "대머리여 올라가라"며 조롱을 했더래요. 이에 화가 난 엘리사가 그들에게 하나님의 이름으로 저주를 하였더니, 곧 수풀에서 암곰 두 마리가 나타나서 아이들 중에 42명을 찢어버린 무서운 일이 벌어지게 되었답니다.

아무리 주위의 친구들이 뚱뚱하거나 키가 작거나 절름발이거나 말더듬이라 할지라도 우리들은 모두가 하나님이 똑같이 사랑하시는 자녀이므로 서로 서로 사랑으로 이해하고 감싸주어야 하겠어요.

아니, 이럴수가 있어요? 병 안에 든 기름을 몽땅 부어 내었는데 그 병 안에는 여전히 기름이 또다시 들어 있다니!

어느 한 과부가 있었는데, 이 과부는 많은 빚이 있었기 때문에 자기의 두 아들을 종으로 내보내야 할 딱한 처지에 놓이게 되었어요.

이때 엘리사 선지자는, 이 과부의 집에는 한 병의 기름 외에는 아무 재산도 없음을 알고 이렇게 말씀하셨어요.

"너는 밖에 나가서 모든 이웃에게 그릇을 있는대로 다 빌려 오너라."

이윽고 엘리사는 병 속의 기름을 각각의 그릇에 붓기 시작했는데 이게 웬일이에요? 아무리 부어도 부어도 병 속의 기름은 계속 흘러나와서 그 많고 많았던 그릇들이 온통 기름으로 가득 채워지는것이 아니겠어요!

그래서 이 과부는 기름을 팔아서 모든 빚을 갚고 그 남은 것으로 넉넉한 생활을 꾸려 나갈 수 있게 되었답니다.

우리들은 항상 마음의 그릇을 준비해야 하겠어요. 그래서 하나님이 내려 주시는 축복을 마음껏 받아 들여야 하겠어요.

나의 그릇이, 혹시 너무 작거나 구멍이 나 있지는 않은가요? 아니면 뒤집혀져 있지는 않은가요?

41. 왕의 족보에서
유일한 여성
(열왕기하 11장)

  이스라엘 나라의 왕의 족보에는 수없이 많은 왕들이 등장하지만 그 중에 여왕은 단 한 명 밖에 없었어요. 과연 누구일까요? 네, 아달랴예요.

  아달랴는 원래 북 이스라엘의 아합왕의 공주였는데, 남쪽 유다의 여호람왕 가문으로 시집을 오게 되었지요.

그러나 그녀는 남편과 아들이 죽자, 자신이 왕위에 오르기 위해 유다 나라의 다윗 혈통의 모든 자손(왕자)들을 죽이고는 스스로 왕이 되었어요.

이때 겨우 살아남은 왕자는 아기 요아스 뿐이었대요.

아달랴는 왕이 되자 더욱더 하나님의 종교를 핍박하고 바알 우상을 숭배하는 데에 적극적으로 앞장서기 시작했어요.

그러나 결국 여호야다의 도움으로 요아스가 왕이 되었고, 아달랴는 왕궁 근처에서 죽임을 당하게 되었답니다.

하나님을 버리고 우상을 숭배하는 것은 가장 큰 죄악에 속해요.

우리 주변에 살그머니 침투해 오는 우상이 많이 있는데 우리들은 절대로 그것들에게 유혹 되어서는 안되겠어요.

42. 일곱 살에 왕이된 요아스
(열왕기하 11장)

 일곱살이면 한창 유치원에 다닐 나이인데, 요하스는 가장 적은 나이에 왕이 되었답니다. 그가 왕이 되기까지는 그의 고모부인 여호야다의 도움이 가장 컸어요.

 요아스왕은 여호야다가 살아있는 동안에는 바알 우상의 신당을 없애버리고 여호와의 성전을 다시 정결케 하는 등 여호와의 편에서서 올바른 정치를 하였어요.

그러나 여호야다가 죽은 후에는 타락하여 마귀의 편에 서서 우상을 섬기기 시작했는데 이때 여호야다의 아들 스가랴가 이러한 우상숭배를 꾸짖고 하나님의 진노를 예언하자, 왕은 성전 뜰에서 스가랴를 돌로 쳐죽여 버렸다고 해요.

자기를 훌륭하게 인도해준 여호야다의 은혜를 생각지도 않고 그의 아들을 무자비하게 죽인 요아스왕을 통하여 우리는 무엇을 느낄 수 있나요?

나는 선생님이나 전도사님의 고마움을 진심으로 느끼고 있나요?

43. 자신의 수명을
15년 더 연장받은 사람
(열왕기하 20장)

 원 세상에... 자신의 생명보다 15년씩이나 더 오래 살게 되다니!

 히스기야왕은 하나님을 잘 섬기는 신실한 왕이었어요. 그는 여러 우상들을 없애고, 점치는 것과 사람을 희생물(제사)로 드리는 일을 금지시켰으며, 자기 나라를 침략국 '앗수르'로부터 구하기 위해 무척 애를 쓰고 있었어요.

그러던 어느날, 왕은 병에 걸려 죽음을 맞이해야 할 시간이 오고야 말았지요. 그러자 왕은 벽을 향해 눈물을 흘리며 열심히 하나님께 기도를 드리기 시작했어요.

이에 하나님은 그 기도소리가 너무나 간절했기 때문에 15년을 더 살도록 허락해 주셨답니다. 그리고 그 증거로 해시계가 10도 뒤로 물러가게 하는 이적을 보여 주셨어요.

너무나 기뻤던 왕은 우쭐대지 않고 하나님께 감사시(사 38장)를 지어 올렸는데 그 마지막 구절을 들어볼까요?

"여호와께서 나를 구원하시리니 우리가 종신토록 여호와의 전에서 수금으로 나의 노래를 노래하리로다."

우리들도 이만한 기도의 힘을 가지도록...... 화이팅!

44. 세계 최초의 성가대
(역대상 25장)

여호와는 나의
목자시니…

 어린이 여러분 중에 성가대원인 친구 손들어 보세요. 그렇다면 세계 최초의 성가대는 언제 누가 만들었는지 아는 친구 손들어 보세요. 손드는 숫자가 아주 적어졌네요.

 정답은 구약시대의 다윗왕이에요. 그 성가대의 숫자는 288명 (역대상25장)이나 된다니 아주 놀라운 사실이지요.

다윗왕은 음악을 아주 깊이 사랑하셨는데 특히 "여호와는 나의 목자시니 내가 부족함이 없으리로다"로 시작되는 시편 23편은 너무나도 유명하답니다.

찬양은 하나님께서 나에게 주신 구원과 사랑, 축복에 대한 감사의 최상의 표현으로써 하나님께 드리는 정성된 예물이에요. 또한 찬양은 하나님이 가장 기뻐하시는 것 중의 하나로써 하나님의 명령이기도 해요.

그런데 일부 어린이 성가대원들 중에, 자신의 노래솜씨를 뽐내려고 부른다거나 또는 주위의 듣는 사람들이 나의 목소리를 어떻게 평가할까 하는 마음을 가지는 친구가 있다는게 너무나 안타까와요.

찬양은 하나님께 드리는 것이므로 우린 하나님만을 드러내며 영광을 돌려야 해요.

45. 성가대를 앞세워 전쟁에 승리
(역대하 20장)

어린이 여러분, 만약 나 자신에게 어렵거나 위험한 일이 닥쳐 왔을때, 무엇을 어떻게 해야 할까요?

이스라엘 나라에 여호사밧이라는 왕이 살고 있었어요. 이때에 모압과 암몬 자손들이 이 나라에 쳐들어오고 있다는 소식이 전해지자, 왕은 싸울 힘이 너무 없었기 때문에 몹시 당황을 했어요.

그래서 왕은 곧 모든 백성들에게 금식 할것을 명령하고는 자신도 간절히 기도하기를 "우리 하나님이여, 오직 주만 바라보나이다."하며 하나님께 모든 것을 의지하며 도우심을 구했어요.

  드디어 전쟁터에 나선 왕은, 군대의 맨 앞에 성가대를 앞장 세워서 "여호와께 감사하세 그 자비하심이 영원하도다"하며 찬양을 하기 시작했어요.

그러자 이 찬양을 들으신 하나님께서는 복병을 보내사 모압과 암몬 자손들을 쓰러뜨리시고 또 자기들끼리도 싸우게 하셔서, 한 명도 빠짐없이 모두 시체가 되었답니다. 그리고 그들이 전쟁 중에 남긴 재물과 의복, 보물이 너무 많아서 그것을 가져가는데 사흘이나 걸렸대요. 그리고 나서 왕은 모든 백성들과 함께 하나님께 찬양을 드렸다고 해요.

46. 가장 오랫동안 통치했던 왕
(역대하 33장)

모든 우상들을 없애라

어린이 여러분, 이스라엘 나라에는 수 많은 왕들이 있었지만 가장 오랜기간동안 왕으로 있었던 사람은 누구일까요?

네, 바로 12세에 왕이 되어 55년간 나라를 다스렸던 〈므낫세〉 이지요.

그 반대로 가장 짧게 왕으로 있었던 사람은 〈시므리〉인데 7일 동안이었다고 해요.

므낫세왕은 매우 광신적인 우상숭배자였는데, 하나님의 성전(교회)에까지 우상을 세운 아주 나쁜 왕으로서, 부모와 자녀를 번제(제사)로 드리는 몰록신상도 이때에 생겨났어요.

그러나 이처럼 악한 왕이었지만 그는 나중에 자기의 모든 죄를 뉘우치고 그동안 섬겼던 모든 우상을 없애버리고 오직 하나님만 열심히 섬기게 되었답니다.

혹시 우리 친구들중에 하나님보다 세상의 어떤 것들에 더 깊은 관심을 가지고 있지 않은가요?

47. 세계 최고의 부귀와 가난을 함께 겪은 사람
(욥기)

　욥이라는 부자가 살고 있었어요.　그는 아주 잘 살기로 소문난 부자였으면서도 순수하고 정직하여 하나님을 경외하며 악에서 떠난 자, 즉 하나님께서 매우 칭찬하신 그 시대의 의인이었어요.

그러나 어느날 마귀의 시험이 닥치게 되었는데, 아니 이게 웬일이에요?

단 하루만에 욥은 수많은 낙타와 소를 도둑맞고 칠천 마리의 양과 지키던 종들이 모두 뇌우(천둥)로 죽었으며, 심지어 욥의

10명의 자녀까지 큰 회오리 바람때문에 모두 죽고 말았어요. 게다가 욥 자신은 그 당시의 가장 끔찍하고도 괴로운 병에 걸리는 그야말로 가장 최악의 상태에 놓이게 되었답니다.

나 같았으면 어떻게 행동했을까요?

자살요? 그건 절대로 안돼요! 그건 하나님께 큰 죄를 짓는 거예요.

욥은 이러한 엄청난 고난 속에서도 절대로 굴복하지 않았어요. 오히려 하나님께 대한 충성심이 더욱 높아만 갔던 거예요. 그랬더니 결국은 하나님께서 다시금 욥을 높여 주셨는데, 이전의 수많았던 재산보다 더 많이 주셨고 아들 일곱과 딸 셋도 낳기를 수 있는 축복을 주셨답니다.

나는 지금 가정 환경이 나쁘다고 불평하고 있지는 않나요? 또한 지금 당장 어려움에 처해 있다고 하나님을 잊어버리고 있지는 않나요?

48. 세계 최고의 시집 (시편)

서점에 들어서면 수많은 책들이 자기의 주인이 될 사람들을 줄서서 기다리고 있는 것을 볼 수있을 거예요.

그 중에서도 아름다운 시들을 한데 모아서 책으로 엮은 시집은 많은 사람들의 인기를 독차지하고 있지요.

그중에 수 백 수 천년 동안 변함없이 지금 이 순간까지도 사랑받고 널리 암송되고 있는 세계 최고의 시집이 있어요.

무엇일까요? 네, 바로 시편이에요.

시편은 다윗, 솔로몬, 모세, 아삽, 고라자손 등이 지은 총 150편의 시가 실려 있어요. 그 중에서 다윗의 시가 가장 많지요.

이 시편 중에는 두 개의 신기록을 갖고 있는데 첫째, 가장 긴 장(119편-176절까지나 있음), 둘째, 가장 짧은 장(117편 -2절까지만 있음)을 보유하고 있답니다.

신약이 구약을 283번이나 인용했는데 그 중에서 시편은 116번씩이나 인용될 정도로 구약성경에서 가장 사랑을 받는 책이지요.

우리 모두 시편을 읽으면서 하나님의 위대하심을 발견해 보기로 해요.

"복 있는 사람은 악인의 꾀를 쫓지 아니하며 죄인의 길에 서지 아니하며 오만한 자의 자리에 앉지 아니하고 오직 여호와의 율법을 즐거워하며 그 율법을 주야로 묵상하는 자로다(시1편)

49. 성경 66권 중 가장 짧은 장 (시편 117편)

우리들이 성경책을 읽어보면 한 장에 보통 50절 이상 되는 경우는 그리 많지 않답니다. 그런데 한 장에 176절이나 되는 부분이 있어요. 뭐라고요? 네, 맞았어요. 시편 119편이지요. 그러면 가장 짧은 장은 뭘까요? 시편 117편이지요. 여기엔 2절 까지만 있답니다.

이번에는 성경 중에서 제일 긴 절은 어디 있는지 찾아볼까요? 전도서 9장 24절을 읽어보세요. 제일 짧은 절은? 출애굽기 20장 13절, 14절이지요.

어린이 여러분, 이 가운데서 가장 짧은 장(시편 117편)을 다같이 읽어볼까요?

"너희 모든 나라들아 여호와를 찬양하며 너희 모든 백성들아 저를 칭송할찌어다 우리에게 향하신 여호와의 인자하심이 크고 진실하심이 영원함이로다 할렐루야!"

이토록 짧은 장인데도 불구하고 너무나도 엄청난 내용이 실려 있다는 사실에 우리들은 다시 한 번 되돌아 보아야 하겠어요. 이 얼마나 놀랍고도 굉장한 말씀이에요!

성경 한 구절 한 구절을 읽을 때엔 항상 그 속에 숨겨져 있는 의미(뜻)를 발견하도록 노력해야 하겠어요.

50. 메시야를 가장 많이 예언한 성경
(이사야서)

 예수님이 이 땅에 오시기 전에 수많은 사람들이 예언하기를, 장차 이 세상에 모든 사람들을 죄에서 구원하시고 부활하실 분, 즉 메시야가 오시리라고 말했어요. 이 메시야는 바로 예수 그리스도이시지요.

그렇다면 이 메시야에 대해 가장 많이 예언한 성경은 무엇일까요? 그것은 바로 이사야서랍니다.

이사야서를 읽어보면 뛰어난 비유적 표현들을 사용하여 장엄한 문체로써 풍부한 메시야 예언을 하고 있는데, 특히 53장은 매우 유명한 장이지요.

 메시야가 오시기 약 700여 년 전이었는데도 불구하고, 이 예언은 마치 타임머신을 타고 직접 지켜본 것처럼 자세하고도 직설적으로 기록하고 있어요.

 우리 함께 이사야서의 핵심 요절을 읽어 보기로 해요.

 "그가 찔림은 우리의 허물을 인함이요 그가 상함은 우리의 죄악을 인함이라 그가 징계를 받음으로 우리가 평화를 누리고 그가 채찍에 맞음으로 우리가 나음을 입었도다(사 53:5-6)

51. 세계 최고의 소방수 삼총사
(다니엘 3장)

어린이 여러분, 포항제철에 있는 용광로를 본적이 있나요? 아무리 단단한 강철이라도 흔적도 없이 녹여 버리지요.

바벨론 나라가 이스라엘을 지배하고 있을 당시에 다니엘의 세 친구 사드락, 메삭, 아벳느고는 느부갓네살왕의 금신상(우상)에게 절하지 않았다는 이유로 용광로에 던져져서 순식간에 타 죽어야할 위기에 처하게 되었답니다.

하나님만을 끝까지 섬기겠다고 고집하는 이 삼총사를 못마땅히 여긴 왕은 용광로를 평소보다 일곱배나 뜨겁게 하여 그곳에다 삼총사를 던져 넣었어요.

그런데 이게 웬일이에요! 삼총사는 머리카락 하나도 타지 않은 채 하나님께 찬양드리고 있는게 아니겠어요!

깜짝 놀란 왕은 즉시 삼총사를 내려오게 하고 하나님만을 찬양하며 모든 백성들에게 "하나님을 업신여기는자는 사형에 처하겠노라"고 명령을 내렸답니다.

우리들도 이 삼총사처럼 어떠한 핍박이 와도 끝까지 우상에게 절하지 않고 '예수님만 사랑하겠어요!' 라고 하는 용기와 믿음이 있나 살펴 보기로 해요.

52. 세계 최장기
잠수 기록
(요나 1~2장)

 지금 우리의 이웃나라 일본은 우상의 도시라 불릴만큼 하나님을 모른답니다. 성경속의 니느웨성도 이와 같았어요.

그래서 하나님은 요나 선지자를 불러서 니느웨로 가서 복음을 전파할 것을 명령하셨어요. 그러나 요나는 이 명령을 어기고 다시스로 도망가려고 배를 탔어요.

그러자 하나님이 풍랑을 보내셔서 요나는 그만 잠수복도 없이 맨 몸으로 물속에 빠져서 장장 3일동안이나 물고기 뱃속에 있음으로써 세계 최장기 잠수기록을 세우게 되었답니다.

그후 요나는 니느웨성으로 가서 복음을 전했는데 아니 이게 웬일인가요? 니느웨성의 왕으로부터 모든 백성들이 하나님의 말씀을 받아들이고는 역사상 최대의 회개와 영적 부흥운동이 일어나는게 아니겠어요?

우리 어린이들도 일본 뿐 아니라 아직까지 하나님을 모르는 모든 나라에게 가서 이처럼 엄청난 회개와 부흥운동을 일으키는 훌륭한 인물이 될 수 있도록 노력하기로 해요.

53. 세계 최초의
교통위반
(나훔 2장)

 미국은 자동차 보유 세계 1위이고 일본은 자동차 수출 세계 1위인데, 그러면 한국은? 자동차 사고 1위랍니다.

우리나라는 미국이나 일본보다 훨씬 작은 나라인데도 자동차 사고가 세계 1위래요.

어린이 여러분은 혹시 교통사고 당한 사람이나 길가에 부서져 있는 자동차를 본적이 있나요? 너무 자주 보아서 아예 당연한

것처럼 느껴지지는 않으세요?

 성경을 자세히 읽어보면, 속도위반이라는 딱지를 붙일만한 구절이 있답니다.

 "그 병거(오늘날의 자동차)는 거리에 미치게 달리며 대로(큰길)에서 이리저리 빨리 가니 그 모양이 횃불같고 빠르기는 번개같도다(나 2:4)

물론 이 내용은, 죄악의 도시 니느웨를 바벨론 침략자들이 번개같이 쳐들어 와서 멸망시킬 것을 뜻하고 있지요.

 교통사고는 왜 그렇게 많이 생기는지 각자 아빠에게 여쭈어 보세요. 그리고 이것을 줄일 수 있는 방법이 무엇인지 알아 보기로 해요.

54. 십일조를 가장 강조한 성경
(말라기 3장)

어린이 여러분은 주일예배 드릴때 십일조나 감사헌금을 드려 보았나요? 십일조는 자기 용돈의 십분의 일을 헌금하는 것이고 감사헌금은 생일을 당했거나 어떠한 감사를 드릴 일이 생겼을때 바치는 헌금을 뜻하지요.

그렇다면, 십일조에 대해 가장 강조하고 있는 성경은 무엇일까요? 네, 말라기이지요. 말라기는 구약성경의 마지막 권이예요.

헌금은 결코 아까운 마음으로 드려서는 안되겠어요. 왜냐고요? 우리가 현재 갖고 있는 모든 것들은 하나님이 우리에게 거저 주신 것이었어요. 그래서 우리가 헌금하는 것은 거저 받은 것의 일부분을 하나님께 돌려 드리는 것이에요.

나는 기쁜 마음으로 용돈의 십일조를 드리고 있나요? 고사리 같은 예쁜 두 손으로 정성껏 헌금함에 넣고 있나요?

혹시, 엄마가 헌금하라고 하니까 억지로 하는 정성 없는 예물은 아닌가요?

하나님은 기쁜 마음으로 바치는 손길 위에 크나큰 축복을 주신다고 약속하셨어요.

"만군의 여호와가 이르노라 너희의 온전한 십일조를 창고에 들여 나의 집에 양식이 있게 하고 그것으로 나를 시험하여 내가 하늘문을 열고 너희에게 복을 쌓을 곳이 없도록 붓지 아니하나 보라." (말 3:10)

55. 처녀의 몸에서 탄생하신 아기 예수
(마태복음 1장)

메리 크리스마스(Merry Christmas)!

해마다 성탄절만 되면 우리들은 메리 크리스마스 라고 외치며 함박 웃음을 짓게 됩니다. 그런데 의외로 메리 크리스마스라는 낱말의 뜻을 모르는 친구들을 종종 만나게 되요.

'메리'는 '즐거운'이고 '크리스마스'는 '그리스도(예수님의 칭호로써, '기름부음을 받은 자'라는 뜻)의 날'이라는 뜻을 가지고 있는 영어지요.

어쨌든 우리들은 평생동안 아기 예수님의 탄생을 축하해 드려야 하겠어요.

이 세상에서는 그 어느 누구도 처녀의 몸으로 태어날 수 없다는 것이 자연과학의 법칙이에요. 그러나 아기 예수님은 육신의 어머니 마리아가 처녀의 몸일때 잉태되어 이 세상에 오셨답니다.

성경에는 이러한 것을 '성령으로 잉태된 것'이라고도 표현하지요.

그런데 '예수'라는 이름의 뜻은 다들 알고 있나요? 한마디로 '구원자(또는 구주)'라고 할 수 있어요. 이번 기회에 꼭 알아두기로 해요.

"아들을 낳으리니 이름을 예수라 하라 이는 그가 자기 백성을 저희 죄에서 구원할 자 이심이라 하니라(마 1:21)

56. 5+2=5000(?)
(마태복음 14장)

아직까지 덧셈을 못하는친구가 있나요? 5+2=5000, 이것이 맞아요? 틀려요? 분명히 틀린 답이지요.

어느날 예수님께서 넓은 들에서 하나님의 말씀을 전파하고 계셨어요. 그런데 시간이 많이 지났기 때문에 모인 사람들은 몹시 배가 고팠지요.

그래서 예수님은 한 소년이 갖고 온 보리떡 다섯 개와 물고기 두마리를 가지시고 축사(축복기도)하신 후 이것을 나눠주기 시작했어요.

그런데 이게 어찌된 일인지 오천 명 모두가 다 배불리 먹고도 오히려 열두 바구니가 남아있지 않겠어요! 그래서 5 더하기 2는 5,000, 그리고 나머지 12, 이제야 이해가 되지요? 이 기적을 오병이어의 기적이라고들 해요.

예수님은 이외에도 물위를 걷기도 하셨고 사납게 몰아치는 풍랑(바다물결)을 꾸짖어서 잠잠하도록 하셨어요.

예수님은 우리들과는 다른 하나님의 아들이시기 때문에 이렇게 신기한 일들을 하실 수 있었답니다.

나는 진정으로 예수님을 나의 구주(구원자)로 믿고 있나요?

57. 인류 역사상 최고의 사건
(마태복음 28장)

지구가 생긴 이래로 오늘날까지 수많은 사건이 발생해 왔을텐데, 그렇다면 인류 역사상 최고의 사건은 무엇일까요?

그것은 바로 예수 그리스도의 부활 사건이랍니다.

기독교는 예수님의 부활이 없었더라면 아마 다른 종교와

다름없는 평범한 종교였을 거예요. 그러나 예수님이 다시 살아 나셨기 때문에 기독교는 그 어느 종교와도 비교할 수 없는 위대 한 종교요 살아있는 종교인 거예요. 그래서 기독교는 부활의 종교라고도 하지요.

그런데 우리는 부활절을 맞이하게 될때, 종종 너무 형식적으로만 부활의 의미를 받아들이는 경향이 있어요. 또한 이 기간에만 예수님의 부활하심에 대한 찬양과 감사를 드리는 것 같아요.

나는 일년 내내 나의 마음속에 부활의 예수님을 찬양하고 있나 요? 나의 마음 속에 부활하신 예수님이 살아 계시나요? 그렇 지 않고 오히려 십자가에 영원히 돌아가버리신 예수님만이 계시 진 않나요?

58. 예수님께
저주받은 나무
(마가복음 11장)

"영차 영차!"

결실의 계절 가을을 맞이하여 모든 나무들은 제각기 탐스러운 열매를 만들기 위해 부지런히 일을 하고 있었어요. 그러나 열매를 만들 생각은 않고 자기 몸치장에만 정신이 팔려있는 나무가 한 그루 있었어요. 그것은 바로 무화과 나무였어요.

어느날 배가 고프셨던 예수님께서 무화과나무에게 다가오셔서는 먹을만한 열매가 있나 없나 살피고 계셨어요. 그러나 잎사귀만 무성할 뿐 열매를 찾을 수가 없었어요.

그러자 예수님은 그 무화과나무를 꾸짖으시길 "이제부터 영원토록 사람이 네게서 열매를 따먹지 못하리라"라고 하셨대요.

혹시 나는 나의 마음을 가꾸기 보다는 남에게 잘 보이려고 외모 다듬기에만 관심을 갖고 있진 않은가요? 예배 형식에만 몰두하고 실제로는 예수님에 대한 믿음과 정성이 비어있진 않은가요? 그리고 한 해 동안 아무런 열매도 없이 빈둥거리며 허송세월하고 있지는 않은가요?

59. 일곱 귀신 들린 여인
(누가복음 8장)

 어린이 여러분, 귀신들린 사람을 상상해 보세요. 생각만 해도 겁이 잔뜩 나지요?

그런데 귀신이 하나도 아닌 잎곱씩이나 들린 여인이 있었어요. 그 여인의 이름은 막달라 마리아! 그 어느 사람이라도 능히 접근하여 고칠 수 없었던 천하무적의 여인!

그러나 예수님께서는 단번에 일곱 귀신들을 그 여인의 몸에서 쫓아내어 버리셨어요.

그후 막달라 마리아는 늘 예수님 곁에서 정성껏 섬기며 경제적인 뒷받침을 하였어요. 예수님이 십자가에 달리실 때와 무덤에 장사될 때에도 함께 있었고, 부활절 아침 무덤으로 찾아간 여인들 가운데도 끼어 있었어요. 뿐만 아니라 제자들에게 예수님의 부활소식을 맨 처음 전한 사람 중의 한 사람이었답니다.

어린이 여러분, 예수님은 부활하셔서 지금도 살아 계시며 우리들을 위해 일하고 계세요. 그런데 혹시 나의 마음속에 죽은 예수님을, 나의 머리속에 단순히 성경지식으로만 계신 예수님을 모시고 있진 않는지요?

60. 세계 최고의
의사이며 교사
(4복음서)

넌 음식을
잘 못 먹었구나

이 세상의 어떠한 몹쓸 병이라도 모두 다 고칠 수 있고, 심지어 죽은 사람조차 다시 살려 낼 수 있었던 세계 최고의 의사는 누구일까요?

예, 바로 예수님이시지요.

예수님은 우리의 육신의 병 뿐만 아니라 우리의 마음의 병까지도 낫게 해주셨고, 또한 수많은 기적을 베푸셨는데 최초의 기적은 물로 포도주를 만드신 것이에요.

예수님은 또한, 하나님의 말씀을 가장 열심히, 그리고 누구나 알아듣기 쉽고도 재미있게 가르치신 세계 최고의 모범교사이시랍니다.

4복음서를 살펴보면 예수님의 말씀 중에 재미있고 우스운 내용이 30군데나 나오는 것으로 봐서 아마 예수님은 세상에서 가장 유머러스한 분이라고 할 수 있답니다.

어린이 여러분! 오늘날 이 순간에도 예수님은 우리들의 영적인 의사와 교사가 되심을 항상 기억하며 감사드리는 마음을 가져야 하겠어요.

61. 복음서에서
가장 많이 언급된 인물
(4복음서)

　어린이 여러분, '꼬끼오'하면 생각나는 성경인물 있죠? 예, 맞았어요. 베드로예요.

　신약전서 중에 4복음서(마태, 마가, 누가, 요한복음)는 예수님의 탄생, 전도, 죽음, 부활, 승천을 다루고 있는 매우 중요한 부분이에요.

　여기에 수많은 사람들이 등장하지만 그 중에서도 베드로에 대해 가장 많이 기록되어 있지요. 그는 교육도 제대로 받지 못한 지극히 평범한 어부였음에도 불구하고 예수님의 수제자가 되었어요.

그러한 베드로는 예수님이 누구신지를 가장 정확하게 알고 있었는데, 특히 "주는 그리스도시요 살아계신 하나님의 아들이시니이다"라는 고백은 너무나도 유명하지요.

그러나 그는 예수님이 잡히시던 날 '나는 예수님을 알지 못하노라'고 세 번씩이나 부인하게 되는 정반대의 두 얼굴을 가진 사나이가 되어 버리고 말았어요.

그러나 이 모든 것들은 하나님의 계획속에 포함되어 있던 일들이었지요.

나는 혹시 예수님 앞에 두 얼굴을 가진 어린이는 아닐까요? 교회에 있을 때만 예수님을 아는 척하고 밖에서는 아무렇게나 행동하는 사람은 아닌가요?

62. 최고의 부흥집회 최고의 방언
(사도행전 2장)

　기도는 천국문을 활짝 열 수 있는 열쇠라 할 수 있어요. 그래서 간절하고도 뜨거운 기도를 하던 사람이 방언(천국 말)을 하게 되는 경우를 종종 볼 수 있지요.

　예수님의 부활 이후 오순절(맥추절)날에 120명의 제자들이 마가의 다락방에 모여서 최고의 부흥 집회를 열었어요.

이 날에 모든 제자들이 성령 충만함을 받게 되어 각자 다른 방언을 말하기 시작했어요.

각 나라에서 온 사람들은 깜짝 놀라고 말았어요. 왜냐고요? 갈릴리 방언만 할 줄 알던 제자들이 각각 자기 나라의 방언들을 하고 있으니까요.

마침내 베드로의 설교가 시작되었어요. 그런데 이 때의 모든 사람들은 그 설교에 감동을 받아서 3,000명씩이나 회개하고 세례를 받게 되는 놀라운 일이 일어났답니다.

우리들도 이러한 값진 열매를 맺을 수 있어요. 그러나 우리들의 마음속에 하나님을 향한 뜨거운 열정이 없으면 힘이 들고 어렵답니다.

하나님은 믿지 않는 자들을 추수할 일꾼들을 언제든지 환영하세요. 나는 믿음의 낫을 준비했나요?

63. 최초의 순교자
(사도행전 7장)

 열심히 천국 복음을 전파하시다가 최초로 순교당한 분은 누구일까요? 그 분은 바로 스데반 집사님이에요.

 그는 매우 믿음 좋고 성령이 충만하며 말을 잘할 뿐 아니라 이적을 행하는 은사(능력)도 있었어요.

 스데반의 설교를 듣고 있던 사람들은 마음에 찔림을 받긴 하였으나 결국은 자기들의 귀를 막으며 스데반을 돌로 쳐서 죽음을 당하게 했어요. 그런데 이게 웬일이에요? 피투성이가 된 스데반은 거의 숨이 넘어가는 순간까지 예수님께 기도를 드리며 "주여 이 죄를 저들에게 돌리지 마옵소서"하며 오히려 자기를 죽인 자들을 용서해 주시길 간구하는게 아니겠어요!

더욱 놀라운 것은 이처럼 스데반은 죽었지만 복음은 오히려 더 활짝 꽃피게 되었어요. 그가 죽었기 때문에 복음이 살았으니 이 얼마나 값진 희생(죽음)인가요? '스데반'의 뜻은 '면류관'이에요. 그 이름의 뜻 답게 그는 '순교의 면류관'을 맨처음 쓰게 되는, 참으로 천사들도 부러워할 만한 축복을 누리게 된 거예요.

나는 주님을 위해 어떠한 면류관을 쓸까요?

'이방인'이 무엇인지 아는 친구 있어요? 우리가 설교를 들을 때 간혹 한번씩 이방인이라는 낱말을 듣게 되지요.

이방인은 이스라엘 나라 사람들을 제외한 다른 나라의 모든 사람들을 가리키는 말이에요.

우리들도 이방인이고 로마 사람들도 이방인이라 할 수 있어요.

백부장 고넬료는 로마의 장교였으므로 역시 이방인이에요.

예수님께서 이 땅에 오셨을 때만 해도 세례는 이스라엘 사람들만 받고 있었어요. 그래서 이방인이 세례를 받는다는 것은 그 당시엔 상상도 못할 일이었대요.

그러나 고넬료는 이방인으로서 최초로 세례를 받았고 그 이후부터는 전 세계의 모든 이방인들도 받을 수 있게 되었답니다.

이것은 하나님의 말씀이 이스라엘 뿐만 아니라 다른 나라에도 전파되기 시작했다는 것을 뜻하는 거예요.

고넬료가 이러한 영광을 누리게 된 것은 그가 하나님을 경외하는 경건하고도 진실된 믿음과 마음이 있었기 때문이에요.

나는 정말 진실하게 하나님을 사랑하고 있나요? 나의 마음이 하나님만 향해 열려져 있나요?

65.최초의 이방인 교회
(사도행전 11장)

 어린이 여러분, 로마제국에 대해 들어 본 적이 있나요? 한때 그 어느 나라도 넘보지 못했던 세계 제일의 나라였던 로마!

 로마에는 수많은 도시가 있었는데, 그중에 세 번째 큰 도시는 안디옥이었어요. 그 당시 안디옥은 갖가지 사치와 향락이 들끓고 온갖 이방신 숭배가 극심했던 매우 도덕적으로 타락한 도시

였대요.

그런데 놀라운 일이 생겼어요. 이러한 죄악의 도시가 처음으로 복음을 받아 들이더니 최초의 이방인 교회, 즉 안디옥교회가 설립되었으며 이 교회 교인들은 바울과 바나바에 의해 가르침을 받고 최초로 '그리스도인'이라고 일컬음을 받게 되었어요.

뿐만 아니라 최초로 선교사를 파송했으며, 바울을 세 번이나 이방인 선교사로 파송할 정도로 이방 선교의 중심지가 되는 귀한 일들이 일어나게 된 거예요.

요즘은 많은 교회에서 선교사님들을 돕고 있어요.

아직까지 복음을 듣지 못한 채 죽어가고 있는 사람들의 아픔이 곧 나의 아픔이 되고, 그들의 넘어짐이 곧 나의 슬픔이 되어 그들에게 빛과 소금이 되는 우리들이 되기로 해요.

66.서적 대형 화재사건
(사도행전 19장)

"불이야, 불!"

어린이 여러분들은 불 난 곳을 지켜 본 적이 있나요?

어느날, 위대한 전도자 바울은 에베소에 가서 복음을 전하면서 못된 귀신들을 쫓아내고 있었어요.

많은 사람들이 회개하고 예수님을 믿게 되었는데, 그 중에는 마술사들도 있었어요. 그들은 예수님만 믿기로 결심하고는 그들이 쓰던 책들을 한 곳에 모아서 활활 불태워 버렸어요.

그 책값을 계산해 보니 은 오만, 즉 오늘날의 8백만원 어치의 책을 태워 없앤 거예요.

얼마나 아까웠겠어요. 그러나 마술사들의 용기와 결단력에 우리 다같이 힘차게 박수를~!

우리들은 살아가면서 예수님을 섬기는 일에 장애가 되는 것을 과감하게 버릴 수 있는 용기가 있어야 해요. 불법 비디오나 오락기, 불량 테이프나 저질 만화, 사치스러운 용품 등.

오늘날 마귀들은 이러한 것들을 통해 우리들의 마음속을 자신들의 침대로 삼고 있어요. 그러니 우리들은 마귀를 이기기 위해 항상 하나님의 전신갑주(갑옷)를 입어야 해요.

67. 예배시간에 죽었다가 살아난 청년
(사도행전 20장)

"똘이야, 오늘 아침 예배시간에 철이가 코고는 소리 들었니? 정말 지독했어!"

"물론 들었지, 나도 그 소리때문에 잠이 깨었는걸 "

어린이 여러분, 여러분은 혹시 예배시간에 꾸벅 꾸벅 졸아 본 적은 없나요?

<유두고>라는 청년이 있었어요. 그는 바울 선생님이 설교를 하고 계실때 3층 창문에 걸터앉아서 듣고 있었어요. 시간이 흐름에 따라 유두고는 드디어 졸음이 막 쏟아지기 시작했어요.

그래서 꾸벅 꾸벅 졸다가 갑자기 아차하는 순간에 3층에서 1층으로 쿵하며 떨어지고 만게 아니겠어요! 사람들이 웅성거리며 그 청년을 보니 이미 목숨이 끊어져 있었어요. 그러나 바울 선생님이 다가가셔서 다시금 생명을 얻게 해주셨답니다.

여기서 우리가 얻을 수 있는 교훈은 무엇일까요? 전도사님은 설교를 길게 해서는 안된다는 것이에요? (농담*^^*)

우리들이 하나님 말씀 앞에 졸거나 딴 짓을 하게 되면 사단에게 "날 잡아 먹으세요"라고 하는 거나 다름이 없겠죠?

68. 가장 비천한 위치에서 출세한 나무
(골로새서 1장)

어휴 냄새! 아이 더러워!"

말구유(말의 먹이그릇)가 된 나무는 너무 너무 슬프고 처량했어요. 그의 몸은 더러운 냄새가 베었고, 그 누구도 그를 우러러 보아주는 사람은 없었어요.

그러나 어느날 아기 예수님이 이 말구유에 누이실 줄 누가 알았겠어요? 그 후 말구유는 항상 자부심을 갖고 살았대요.

그리고 십자가가 될 나무가 있었어요. 그 당시의 십자가는 가장 큰 죄인들을 처형시키는 사형 도구였대요. 그래서 십자가는 사람들이 가장 싫어하는 나무였어요.

어느날 그 나무는 어떤 사람의 어깨에 매어져 골고다 언덕 위에 세워지게 되었어요. 굵다란 못 세 개가 박히고 사람의 피가 흘러나와 그 나무는 온통 피로 물들여졌어요.

그런데 알고 보니 그 분은 바로 예수 그리스도 이셨어요. 그래서 그 십자가는 오늘날까지도 가장 사랑받는 나무가 되었답니다.

나는 비록 보잘것없는 사람이지만 주님을 위해 쓰게 될때, 얼마나 사랑받게 되겠어요!

69. 성경 최다 기록왕
(바울 서신)

어린이 여러분, 성경은 모두 몇 권이에요?

구약 39권, 신약 27권 합해서 66권이지요.

이것은 3x9(구약) = 27권(신약)처럼 구구단 식으로 쉽게 외워진답니다. 그렇다면 성경 66권중 가장 많이 기록한 사람은 누구일까요? 예, 맞았어요. 바울이에요.

바울은 66권 중 13권(또는 14권)씩이나 기록했어요. <고전, 고후, 갈, 엡, 빌, 골, 살전, 살후, 딤전, 딤후, 딛, 몬, 히, 약> 그래서 바울은 성경 최다 기록왕인 셈이지요.

그런데 바울은 원래 예수 믿는 사람들을 매우 많이 괴롭혔던 사람이었어요.

어느날, 다메섹에도 예수 믿는 사람이 있다는 소문을 듣고 그들을 못살게 굴려고 그곳을 향해 가던 도중에 예수님을 만나서 영접하게 되었어요. 그리고는 완전히 새사람으로 바뀌어서 신약 최초의 해외선교사가 되었답니다.

그후 바울은 몇 번이나 죽을 고비를 넘겨 가면서 일평생 복음을 전파하시다가 하늘나라로 가신 거예요.

우리 서로 전도왕이 되도록 꼭 꼭 약속해요.

70. 세계 최고의 만병통치약
(히브리서 4장)

　사람은 하루 하루 살면서 한번씩 크고 작은 질병을 만나기 마련이지요.　그런데 사람이 어떠한 병에 걸리든지 척척 낫는 약이 있는데 그게 뭔지 아는 어린이 있나요?　그것은 바로 구약과 신약이에요.

　오늘날에는 의학이 상당히 많이 발전하였기 때문에 우리들의 웬만한 질병은 쉽게 고칠 수 있고, 또 예방주사도 맞으니까 정말 편리하고 좋아요.

그러나 의학이 제아무리 발전한다 했다해도 못 고치는 질병은 어떡하나요? 구약과 신약을 많이 먹어야(읽어야)해요.

이것은 우리들의 죄까지도 깨끗이 치료해 주어요. 우리가 우울해 하거나 어떻게 해야 할지 몰라 할 때에도 다정한 친구요 안내자가 되어 주지요.

오늘날 많은 어린이들이 성경 읽기를 게을리 하는 것 같아요. 실제로 여러분 중에는 한 주에 성경을 몇 장씩 읽고 있나요? 어디 손 한번 들어 볼까요?

성경은 우리가 한평생 묵상하며 음미 해야할 인생의 교과서예요.

"하나님의 말씀은 살았고 운동력이 있어 좌우에 날선 어떤 검보다도 예리하여 혼과 영과 및 관절과 골수를 찔러 쪼개기까지 하며 또 마음의 생각과 뜻을 감찰하나니"(히 4:12)

이 세상에서 제일 위대한 이야기
하늘나라 기네스북

*
초판 2쇄 2005. 4. 30
*
지은이 : 김영곤
그린이 : 김행룡
발행인 : 채주희
편집인 : 진지영
*
서울시 마포구 합정동 433-62
출판등록 제55호 1985년 10월 29일
*
전화 02) 323-6416
팩스 02) 322-4477
*
잘못된 책은 바꾸어 드립니다.
*
값 3,500원